histoires
de bêtises

ISBN : 2-07-034507-6
Numéro d'édition : 71664
Loi n° 49-956 du 16 juillet 1949 sur les publications
destinées à la jeunesse
Premier dépôt légal : octobre 1988
Dépôt légal : mai 1995
Imprimé en Italie par Editoriale Libraria

Adrien
qui ne fait rien

Tony Ross

traduit par Geneviève Brisac

Gallimard

A Zoë, Katy et Philippa

La princesse était triste à la fenêtre
de son château. Elle n'avait jamais ri
et ne savait pas comment on fait.
Sa maman et son papa espéraient bien
qu'un jour quelqu'un
saurait faire sourire leur fille.

Il était une fois un garçon nommé
Adrien qui habitait avec sa mère.
Adrien était certainement l'être
le plus paresseux du monde

et il restait tranquillement assis
tandis que sa mère faisait tout
le travail.

A la fin, celle-ci en eut assez
de cette incroyable paresse. Elle s'écria :
— Plus question de te nourrir tant que
tu n'auras pas trouvé un travail.
Et tu es prié dorénavant de laver
tes chaussettes toi-même !
— D'accord ! dit Adrien,
et il alla travailler chez un fermier
qui le paya d'une belle pièce d'or.

Pour rentrer à la maison, Adrien
devait franchir une rivière. En sautant,
il perdit sa pièce qui roula dans l'eau.
Evidemment, sa mère se mit en colère.
— Imbécile ! cria-t-elle,
la prochaine fois, mets ton argent
dans ta poche.

— D'accord ! dit Adrien,
c'est ce que je ferai la prochaine fois.

Le jour suivant, Adrien alla travailler
chez un éleveur qui lui donna
pour tout salaire un pot de lait.

Se souvenant des paroles maternelles,
il versa le lait dans sa poche
et rentra à la maison.

— Stupide cervelle de sansonnet !
s'écria sa mère. Il fallait mettre le pot
sur ta tête.

— D'accord ! dit Adrien, c'est ce que
je ferai la prochaine fois.

Le jour suivant, Adrien alla travailler
à la laiterie.

Pour tout salaire, il eut un superbe
fromage frais. Rien que pour lui.

Se souvenant des paroles maternelles,
il mit le fromage frais sur sa tête.

Quand il arriva à la maison,
le fromage avait fondu de la manière
la plus dégoûtante.
— Mais quel crapaud crétin j'ai donc
là ! s'exclama sa mère.
Tu n'avais qu'à le porter dans tes bras.
— D'accord ! dit Adrien, c'est ce que
je ferai la prochaine fois.

Le lendemain, Adrien alla travailler
dans une usine de saucisses.

Là, il reçut un chat en guise de salaire.
Se souvenant des paroles maternelles,
il le prit dans ses bras.
Mais le chat était une vilaine bête,
qui détestait qu'on le prenne
dans les bras.

Quand Adrien arriva à la maison,
il était couvert de griffures.
— Mais quelle nouille imbécile
me tient lieu de fils ! hurla sa mère.
Il fallait le ramener au bout
d'une laisse.
— D'accord ! dit Adrien, c'est ce que
je ferai la prochaine fois.

Le jour suivant il alla travailler
chez un boulanger.

Le boulanger et la boulangère
furent satisfaits de lui et lui donnèrent
un gâteau pour sa peine.
Se souvenant des paroles maternelles,
il l'accrocha à une ficelle et le traîna
jusque chez lui.
— N'as-tu donc pas plus de tête
qu'une brouette ? s'exclama sa mère.
Il fallait le porter sur ton dos.

— D'accord ! dit Adrien,
c'est ce que je ferai la prochaine fois.
Ensuite, il travailla dans une écurie.

Le travail fini, le propriétaire
de l'écurie offrit à Adrien un âne
en guise de salaire.
Se souvenant des paroles maternelles,
Adrien hissa l'âne sur ses épaules.

Ce n'était pas facile, pas facile du tout
et Adrien titubait en essayant
de regagner sa maison.

Il passa, dans cet accoutrement,
près du château de la princesse triste
qui ne savait pas sourire.

Or, elle était là, assise à sa fenêtre.
Elle vit Adrien qui marchait en zigzag,
son âne sur le dos…
Il était incroyablement drôle…

Et la princesse triste éclata de rire.
Sa maman et son papa en furent
si contents qu'ils lui firent épouser
Adrien.

La princesse était heureuse d'avoir
un mari si rigolo.
Et Adrien était heureux, parce qu'il
n'aurait plus jamais besoin de travailler.

*Pour Gabrielle, Mildred,
Mimi, et... Lou*

Je suis
un chasseur

Mercer Mayer

Gallimard

Je suis un chasseur,
et je tue le serpent
au fond du jardin.

Mais papa n'aime
pas trop me voir
chasser.

Je suis un chevalier, et je combats le géant qui se promène sur notre trottoir.

Je gagne à chaque
fois, mais maman
ne veut pas que je
me batte.

Je suis un pompier, et je sauve
les maisons en feu.

Mais la voisine me demande
de laisser sa maison tranquille.

Je suis un docteur,
et je soigne très bien.

Mais je crois que
ma petite sœur
préfère être malade.

Je suis un homme
préhistorique,
et je mange
avec mes doigts.

Mais papa insiste
pour que je mange
avec un couteau
et une fourchette.

Je suis un capitaine
de bateau, il est
juste assez grand
pour moi.

Papa et maman
me disent de sortir
du bain et d'aller
vite au lit.

Mais moi, je suis un capitaine,
et mon bateau m'emporte loin
sur la mer.

Tristan
la teigne

Tony Ross

traduit par Jean-Pierre Carasso

Seuil

Tristan la Teigne se croyait tout permis.
Chaque fois qu'on lui demandait
de faire quelque chose qu'il détestait,
il faisait semblant d'avoir mal entendu.
Et comme ça il n'en faisait qu'à sa tête.
Ses pauvres parents croyaient
qu'il aurait bien voulu être gentil mais
qu'il était un peu dur d'oreille.

Le meilleur docteur oto-rhino du monde
fut incapable de découvrir la maladie
des oreilles de Tristan.

Voici le genre de chose que Tristan
faisait.
Lundi, son papa lui dit : « Tu vas laver
la vaisselle, fiston. »
Il disparut pendant toute la journée,
personne ne savait où il était. Le soir,
quand il rentra dans la cuisine
pour donner à manger au matou,
son papa lui demanda : « Et alors !
cette vaisselle ? »
« Oh, répondit Tristan, j'avais compris :
tu vas LAVER LES POISSONS.

C'est ce que j'ai fait mais ils n'étaient
pas très sales. »
Papa eut de la peine pour son pauvre
petit Tristan et ses mauvaises oreilles.

Mardi, Tristan devait aller chez
le dentiste qui voulait lui arracher
une dent.
« Prends ton manteau ! », dit sa maman
qui devait le conduire à l'autobus.
Tristan disparut. Elle le chercha pendant
deux heures et finit par le retrouver
dans un coin du grenier avec sa boîte
de peinture.
Maman était très en colère, parce que
l'heure du dentiste était passée,
elle commença à gronder Tristan. « Oh,
pardon maman, j'ai cru que tu me disais :

PEINS TON MATOU », dit Tristan
la Teigne.
Et la maman eut beaucoup de chagrin
pour son petit garçon qui entendait si mal.

Pour Tristan la Teigne, ce fut
une semaine délicieuse. Il ne fit
que des bêtises et des méchancetés
le mercredi, le jeudi et le vendredi.
Comme il avait tout sali, on lui dit :
« Nettoie le carrelage à l'eau ! »
Et il alla faire un UN CARNAGE AU ZOO.
Il embêta terriblement les ours,
qui étaient trop gros pour qu'il puisse
faire un vrai carnage, en leur montrant
ses plus affreuses grimaces. Il s'amusa
comme un fou et fit le plus
de méchancetés possible.

Pendant ce temps, les grandes
personnes le plaignaient à cause
de ses oreilles et lui faisaient de petits
cadeaux.

Le samedi, Tristan la Teigne alla jouer
dans les bois.
Ses parents lui avaient dit :
« Rentre à six heures. »
« Mmmm, se dit Tristan, je crois bien
les avoir entendu dire DIX HEURES. »
Et il resta dehors terriblement tard.
Si tard qu'il finit par s'endormir
sous un arbre.
Et voilà que de drôles de choses
lui arrivèrent.
Les arbres se mirent à bouger
et à changer de couleur.

Des bêtes bizarres sortirent de terre
et Tristan la Teigne ne savait plus
s'il s'endormait ou s'il était éveillé.
Et puis un drôle de petit bonhomme
arriva en sautillant sur le sentier.

Le petit bonhomme n'avait pas l'air
méchant et parlait d'une toute petite
voix aiguë. « Bonsoir, dit-il, bienvenue
dans le Pays de la Nuit.
C'est moi le gardien. »
Il regarda dans un petit livre tout rouge.
« Mmmm, tu t'appelles Tristan,
c'est bien ça ? Allez, fais un vœu,
tu peux me demander
tout ce que tu voudras ! »
Le petit bonhomme avait l'air
terriblement pressé et parlait à toute
vitesse. Tristan la Teigne était si surpris
qu'il ne trouvait aucun vœu. Le petit
bonhomme se mit à sauter d'un pied
sur l'autre. « Allez, allez, mon petit, vite,

je n'ai pas de temps à perdre. »
Il ne fallait pas laisser échapper
une occasion pareille, et Tristan dit
la première chose qui lui passa
par la tête. « Heu... je veux UN TRONE
EN OR ! »

Il y eut un nuage de fumée de toutes
les couleurs comme un arc-en-ciel,
et voilà que Tristan se retrouva avec
UN GROS NEZ D'OR. Il était si grand
qu'il n'avait pas besoin de miroir pour
le voir, et il était terriblement lourd.
Le petit bonhomme écouta pleurnicher
Tristan. « Oh, pardon, lui dit-il, j'ai
mal entendu. Mais ça ne fait rien, tu as
droit à un autre vœu. »

Cette fois, Tristan n'hésita pas
une seconde. « Je veux que vous rendiez
mon nez comme avant ! »
« Accordé », dit le petit bonhomme.

Tristan la Teigne toucha son nez, il était
toujours aussi long et tout brillant.
Et puis il vit ses pieds.
« Mais qu'est-ce que vous avez fait !
hurla-t-il.
Je voulais que vous rendiez mon nez
comme avant. »
« Oh, excusez-moi, fit le petit
bonhomme,
j'ai compris que tu voulais
des GRANDS PIEDS PAR-DEVANT.
Mais ça ne fait rien. Tu as droit
à un autre vœu. »

Tristan regarda ses énormes pieds
au bout de son long nez et dit
en articulant soigneusement : « Rendez-
moi mes pieds ! Et un nez normal ! »

Tristan regarda ses pieds et vit avec
horreur qu'il se couvrait d'une épaisse
fourrure brune.
« Mais qu'est-ce qui se passe ?
demanda-t-il en pleurant.
Je voulais retrouver mes pieds.
Et un nez normal ! »
« Ah, un nez normal ? » fit le petit
bonhomme en souriant.
« J'ai cru que tu voulais devenir
UN ENORME ANIMAL ! Alors je t'ai
transformé en ours. Mais ça ne fait
rien. Tu n'as qu'à faire encore un vœu. »

« Ah non, alors ! s'écria Tristan,
à chaque fois, ça va encore plus mal. »
Et il s'enfuit en sanglotant à travers
la forêt du Pays de la Nuit.

Quand il arriva devant chez lui, Tristan
ne s'aperçut même pas que le Pays
de la Nuit était redevenu le pays de tous
les jours.
Il entra sans faire de bruit et monta
dans sa chambre sur la pointe de ses
gigantesques pieds. Son pyjama était
évidemment devenu beaucoup trop
petit pour lui. Il cacha son affreux nez
d'or sous la couverture et essaya
de dormir.

Mais il n'arrêtait pas de penser
à ses petits camarades d'école
qui allaient bien se moquer de lui,
le lendemain, en le voyant transformé
en ours à nez d'or et à pieds de géant !

Le lendemain matin, Tristan la Teigne
courut au miroir et vit qu'il était
redevenu le petit garçon d'avant.
Ouf ! Cela lui fit tellement plaisir que,
pendant toute la journée, il fut un peu
moins méchant que d'habitude.
L'après-midi, son papa vint dans
le jardin où Tristan était en train
de jouer au cirque avec le matou.
« Vas me chercher des bûches sur le tas
de bois », lui demanda son papa.

« Bien papa », répondit Tristan
la Teigne.
Et il se demanda : « Qu'est-ce que je vais
bien pouvoir faire semblant d'avoir
entendu ? »

Mais figurez-vous qu'il alla bel et bien chercher DES BUCHES. Car il s'était soudain souvenu de son rêve et il en avait assez des MALENTENDUS !
Son rêve ?
Etait-ce bien un rêve ?
Et si ce n'était pas un rêve ?
Allez savoir !

L'histoire
de
Kiki Grabouille

Jeanne Willis
illustré par
Margaret Chamberlain

traduit par Jean-Pierre Carasso

Seuil

C'est l'histoire de Kiki Grabouille
Qui jamais ne se débarbouille.

Quand sa maman lui crie :
« SAVON »
Il se cache comme un fripon.

Quand elle lui montre la baignoire
Il en fait toute une histoire

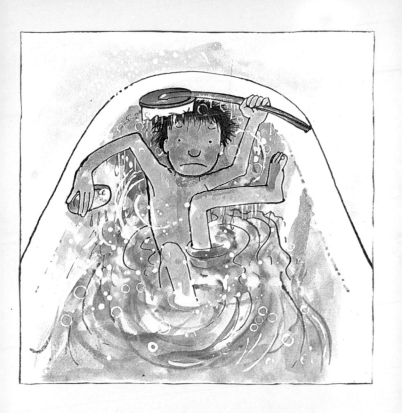

Il gigote, il se trémousse
Il trépigne, il éclabousse.

Un beau jour il exagère
Sa pauvre mère désespère.

Elle jette l'éponge et lui dit :
« Tu seras un sale Kiki ! »

Le lundi, il se balade,
Barbouillé de marmelade,

Dans la rue tous les passants
Le trouvent vraiment dégoûtant.

Mardi, tous les chiens lui font fête.

C'est qu'ils ont senti ses chaussettes !

A l'école il n'a plus d'ami,
Personne pour s'asseoir près de lui.

Il est si couvert de crasse
Qu'il empuantit la classe
Et la maîtresse est obligée
De mettre une pince à son nez !

Jeudi, c'est toujours sans espoir,
Kiki refuse la baignoire.
Autour du sale petit garçon
Tournoient mouches et moucherons.

Il est si sale, il sent si fort
Qu'il se fait jeter dehors.
Sa maîtresse que l'odeur rend folle
Le fait renvoyer de l'école.

Quand il rentre à la maison
Les fleurs meurent sur le napperon.

Et sa maman le fait sortir
En lui disant : « Pour revenir,
Faudra passer par la baignoire. »
Et Kiki lui crie : « Au revoir ! »

Sale comme un pou,
Sale comme un peigne,
Sur le trottoir que la pluie baigne,

Kiki s'en va le nez baissé
Chercher un nouveau foyer.

Vendredi, sans un sou en poche
Kiki lorgne les brioches.

Plus de maison, rien à manger,
Pauvre Kiki a mal aux pieds.

Kiki ne peut plus marcher,
Il voudrait bien se coucher.
Personne ne veut plus de lui.
Dans les trognons, les vieux débris,

Les rognures, les bouts de ficelle,
Il entre dans une poubelle,
S'enfonce dans les épluchures
Et s'endort sous les ordures.

Voilà, notre histoire est finie,

Les éboueurs passent le samedi.

*Pour Stuart M
et Sally L*

La bicyclette
de l'ours

Emilie Warren McLeod
illustré par
David McPhail

Gallimard

Chaque après-midi, nous allons
faire un tour à bicyclette.

Avant, je vérifie que les pneus
sont assez gonflés,
que les freins fonctionnent et
que les pédales tournent bien.

Puis, j'enfourche ma bicyclette. Au bout du chemin, je regarde à gauche et à droite.
Je signale de la main que je tourne.

Quand j'ai besoin de traverser la rue, je descends de mon vélo. Je regarde des deux côtés. Si aucune voiture n'arrive, je traverse en poussant mon guidon.

Sur le trottoir, je me méfie des portières de voiture.

J'évite les bouteilles cassées
et les détritus.

Je m'approche doucement des
chiens pour ne pas leur faire peur.

Quand je rencontre une autre
bicyclette, je reste bien à droite.

Et quand je double des piétons, j'actionne ma sonnette pour qu'ils ne restent pas sur mon chemin.

Dans les descentes, je ne roule
pas trop vite...

... et je freine quand il y a un stop.

Je rentre toujours avant la nuit.
Je range ma bicyclette.

Je frotte mes pieds sur le paillasson
avant de rentrer dans la maison...

... où m'attendent un grand verre
de lait, des petits gâteaux...

... et une bonne nuit.